First published in the United States in 2008 by Chronicle Books LLC.

Adaptation copyright © 2004 by Miquel Desclot.
Illustrations copyright © 2004 by Ignasi Blanch.
Spanish/English text © 2008 by Chronicle Books LLC.
Originally published in Catalan in 2004 by La Galera, S.A. Editorial.

Bilingual version supervised by SUR Editorial Group, Inc.
English translation by Elizabeth Bell.
Book design by Wendy Lui.
Typeset in Weiss and Handle Oldstyle.
Manufactured in Hong Kong.

Library of Congress Cataloging-in-Publication Data
Desclot, Miquel.
Snow white = Blancanieves / adaptation by Miquel Desclot ; illustrations by Ignasi Blanch.
     p. cm.
   Summary: A princess takes refuge from her wicked stepmother in the forest cottage of seven dwarfs.
   ISBN 978-0-8118-6030-7 (hardcover) — ISBN 978-0-8118-6031-4 (pbk.)
[1. Fairy tales. 2. Folklore—Germany. 3. Spanish language materials—Bilingual.] I. Blanch,
Ignasi, ill. II. Snow White and the seven dwarfs. English & Spanish. III. Title. IV. Title:
Blancanieves.
   PZ74.D45 2008
   398.2—dc22
   [E]
   2007010160

10 9 8 7 6 5 4 3 2 1

Chronicle Books LLC
680 Second Street, San Francisco, California 94107

www.chroniclekids.com

Retold in both Spanish and English, the universally loved story *Snow White* will delight early readers and older learners alike. The striking illustrations give a new look to this classic tale, and the bilingual text makes it perfect for both home and classroom libraries.

—

Vuelto a contar en español e inglés, el universalmente querido cuento de *Blancanieves* deleitará por igual a lectores jóvenes y estudiantes adultos. Las llamativas ilustraciones le dan una nueva vida a este cuento clásico, y el texto bilingüe lo hace perfecto tanto para el hogar como para una biblioteca escolar.

Snow White

Blancanieves

ADAPTATION BY MIQUEL DESCLOT

ILLUSTRATIONS BY IGNASI BLANCH

chronicle books · san francisco

One cold winter's night, a queen was sewing by the window in her palace. As she leaned out the window to admire the falling snow, she accidentally pricked her finger, and a drop of dark red blood fell onto the snow. The contrast made the queen exclaim:

"I hope to have a daughter with skin as white as snow and lips as red as blood!"

Soon afterward, her wish came true: She had a little girl who was so beautiful that everyone called her Snow White.

En una fría noche de invierno, una reina estaba cosiendo junto a la ventana de su palacio. De pronto, al asomarse para contemplar la nevada, se pinchó un dedo y una gota de sangre oscura fue a caer sobre la nieve. Por el contraste entre el rojo y el blanco, la reina exclamó:

—¡Ojalá llegue a tener una hijita con la piel tan blanca como la nieve y los labios tan rojos como la sangre!

Poco tiempo después, su deseo se hizo realidad: tuvo una niña tan bella que todo el mundo la llamaba Blancanieves.

The queen died when Snow White was a small girl, and Snow White's father remarried. His new wife was very beautiful but also very vain—so vain that she had a magic mirror, and every morning she asked it,

"Mirror, mirror, in my hand,
Who's the fairest in the land?"
And the mirror replied,
"Queen, my words are always true:
The fairest in the land is you."

La reina murió cuando Blancanieves era todavía pequeña, y el padre de Blancanieves se casó de nuevo. Su nueva esposa era una mujer hermosísima pero también muy orgullosa, tan orgullosa que tenía un espejo mágico, y cada mañana le preguntaba:

Dime, espejo que destellas,
¿quién es bella entre las bellas?
El espejo respondía:
Reina y señora preciosa,
eres tú la más hermosa.

But day by day, Snow White grew more beautiful, and one morning, when the Queen asked her magic mirror,

"Mirror, mirror, in my hand,
Who's the fairest in the land?"
the mirror replied,

"Queen, my words are always right:
The fairest of all is young Snow White."
Hearing this, the queen was enraged.

Pero, día a día, Blancanieves se hacía más y más hermosa, y una mañana, cuando la reina consultó el espejo mágico diciendo,

Dime, espejo que destellas,
¿quién es bella entre las bellas?
el espejo respondió de esta manera:

Todavía eres hermosa, reina y señora,
pero Blancanieves es más linda ahora.
Al oír semejante cosa, la reina se enfureció.

Fearing for the young girl's life, a kind servant helped Snow White escape from the palace that night. Snow White ran far into the forest. Around her the branches rustled, the trees creaked, and the wolves howled. She was very frightened. Then she spotted a cabin.

Aquella noche un criado bondadoso, temiendo por la vida de la niña, ayudó a Blancanieves a escapar del palacio. Blancanieves corrió hasta al corazón del bosque. A su alrededor, susurraban las ramas, crujían los árboles y aullaban los lobos. Entonces la niña, muy asustada, divisó una cabaña.

Inside the cabin, Snow White found a table set with seven tiny plates and glasses, seven tiny knives and forks, and seven slices of bread. There were also seven tiny beds, neatly made.

Snow White was so hungry and thirsty that she took a bite of each slice of bread and a sip of water from each glass. She was so tired that she lay in each of the seven beds and fell asleep in the most comfortable one.

Dentro de la cabaña, Blancanieves encontró una mesa con siete platitos y vasitos, siete pares de cubiertos y siete rebanadas de pan. Había además siete camitas muy bien dispuestas.

Como tenía mucha hambre y sed, Blancanieves tomó un bocado de cada una de las rebanadas y bebió un sorbo de agua de cada uno de los vasos. Como también estaba muy cansada, después de probar las siete camas, se durmió en la que le pareció más cómoda.

Soon the owners of the cabin arrived home. They were seven dwarfs, none more than five feet tall.

"Who's been sitting on my stool?" said the first dwarf.

"Who's been poking around in my plate?" added the second.

"Who took a bite of my bread?" said the third.

"Who touched my knife?" wondered the fourth.

"Who moved my fork?" said the fifth.

"Who's been drinking my water?" wondered the sixth.

The last dwarf, discovering the young girl, exclaimed, "Who is sleeping in my bed!"

Pronto llegaron los dueños de la cabaña. Eran siete enanos, ninguno de los cuales medía más de un metro y medio.

¿Quién se ha sentado en mi taburete? —dijo el primero.

¿Quién ha hurgado en mi plato? —añadió el segundo.

¿Quién ha mordido mi rebanada de pan? —dijo el tercero.

¿Quién ha tocado mi cuchillo? —se preguntó el cuarto.

¿Quién ha movido mi tenedor? —dijo el quinto.

¿Quién ha sorbido mi agua? —se preguntó el sexto.

El último enano, descubriendo a la jovencita, exclamó: —¿Quién está durmiendo en mi cama?

When Snow White told the seven dwarfs her story, they offered to let her live in the cabin.

"But don't open the door to anyone," they warned her. "It won't be hard for the queen to find you."

That morning, the queen asked her magic mirror,

"Mirror, mirror, in my hand,
Who's the fairest in the land?"

And the mirror replied,

"My words are true: the very fairest,
Is Snow White, hiding in the forest."

Disguising herself as an old peddler woman, the angry queen set off for the forest.

Cuando Blancanieves les contó su triste historia, los siete hombrecillos le ofrecieron que se quedara a vivir en la cabaña.

—Pero no abras la puerta a nadie —le advirtieron—. A la reina no le costará demasiado encontrarte.

Aquella mañana, la reina preguntó a su espejo mágico:

Dime, espejo que destellas,
¿quién es bella entre las bellas?

Y el espejo respondió:

Escondida del bosque en la espesura,
Blancanieves te gana en hermosura.

La reina, airada, se disfrazó para parecer una anciana vendedora ambulante y se dirigió al bosque.

A knock came on Snow White's door. Remembering the dwarfs' warning, she refused to open it. Then the visitor came to the open window, and Snow White saw that it was just an old peddler woman.

Snow White accepted one of the polished red apples the woman offered. But when she bit into it, she fell down as though dead.

Alguien tocó a la puerta de la cabaña. Blancanieves recordó lo que le habían dicho los enanos, y no quiso abrirla. Entonces la visitante acudió a la ventana abierta, y Blancanieves vio que era sólo una anciana vendedora ambulante.

Blancanieves aceptó una de las manzanas rojas y brillantes que le ofreció la mujer. Pero, al morderla, cayó como muerta.

The seven dwarfs returned home to find Snow White in this sad state. Wiping away their tears, they made her a glass casket and placed it outdoors so the birds could sing to her every day.

～

Al regresar a su hogar, los siete enanos encontraron a Blancanieves en ese triste estado. Enjugando sus lágrimas, le construyeron una caja de cristal y la colocaron afuera, para que cada día los pájaros pudieran dedicarle su canto.

One day, a prince passed through the forest. He was so struck by Snow White's beauty that he stopped to kiss her hand.

Instantly, she awoke.

"Where am I?" she asked.

"With your prince," he replied.

Un día, un príncipe pasó por el bosque. Tanto le impresionó la belleza de Blancanieves que se detuvo y le besó la mano.

De inmediato, ella se despertó

¿Dónde estoy? —preguntó.

Con tu príncipe —respondió él.

The prince and Snow White were married, and they became King and Queen.

The next time the evil queen went to her magic mirror to ask,

"Mirror, mirror, in my hand,

Who's the fairest in the land?"

the mirror replied,

"My words are true, no lies or error:

You are fair, but Snow White is fairer."

And the prince and Snow White lived happily ever after.

El príncipe y Blancanieves se casaron y llegaron a ser rey y reina.

La próxima vez que la malvada reina acudió al espejo mágico para preguntar:

Dime, espejo que destellas,

¿quién es bella entre las bellas?

el espejo respondió:

Todavía eres hermosa, reina y señora,

pero Blancanieves es más linda ahora.

Y el príncipe y Blancanieves vivieron felices para siempre.

Also in this series:

Aladdin and the Magic Lamp ✦ Beauty and the Beast ✦ Cinderella
Goldilocks and the Three Bears ✦ Hansel and Gretel ✦ The Hare and the Tortoise
Jack and the Beanstalk ✦ The Little Mermaid ✦ Little Red Riding Hood
The Musicians of Bremen ✦ The Pied Piper ✦ The Princess and the Pea ✦ Puss in Boots
Rapunzel ✦ Rumpelstiltskin ✦ The Sleeping Beauty ✦ The Three Little Pigs
Thumbelina ✦ The Ugly Duckling

También en esta serie:

Aladino y la lámpara maravillosa ✦ La bella y la bestia ✦ Cenicienta
Ricitos de Oro y los tres osos ✦ Hansel y Gretel ✦ La liebre y la tortuga
Juan y los frijoles mágicos ✦ La sirenita ✦ Caperucita Roja ✦ Los músicos de Bremen
El flautista de Hamelín ✦ La princesa y el guisante ✦ El gato con botas ✦ Rapunzel
Rumpelstiltskin ✦ La bella durmiente ✦ Los tres cerditos ✦ Pulgarcita ✦ El patito feo

Miquel Desclot is a poet, writer, playwright, and translator as well as one of the most renowned authors of modern Catalan literature for children. He has received several prizes for his translations and in 2002 was awarded the National Award for Literature for Children and Young Adults.

Miquel Desclot es poeta, narrador, dramaturgo y traductor, así como uno de los autores más renombrados de la literatura catalana infantil contemporánea. Ha recibido numerosos premios por sus traducciones, y en el 2002 recibió el Premio Nacional de Literatura para Niños y Adolescentes.

Ignasi Blanch holds a fine arts degree from the University of Barcelona and illustrates books published in Catalan and Spanish. He is one of the organizers of the Saarbrücken Children's Book Fair in Germany and heads the illustration department at a Barcelona professional school.

Ignasi Blanch es diplomado en bellas artes de la Universidad de Barcelona e ilustra libros publicados tanto en español como en catalán. Es uno de los organizadores de la Feria de Libros para Niños de Saarbrücken en Alemania, y dirige el departamento de Ilustración en una escuela.